克瓦特探案集 ⑥

倒霉的鬼把戏

［德］于尔根·班舍鲁斯 著

［德］拉尔夫·布茨科夫 绘

琦琦熊/刘景姝 译

汉斯约里·马丁奖

德国优秀青少年侦探故事小说奖

百花洲文艺出版社

BAIHUAZHOU LITERATURE AND ART PRESS

图书在版编目（CIP）数据

倒霉的鬼把戏 /（德）班舍鲁斯著；（德）布茨科夫绘；琦琦熊，刘景姝译. —南昌：百花洲文艺出版社，2015.10
（克瓦特探案集）
ISBN 978-7-5500-1522-7

Ⅰ.①倒… Ⅱ.①班… ②布… ③琦… ④刘… Ⅲ.①儿童文学-侦探小说-德国-现代 Ⅳ.① I516.84

中国版本图书馆 CIP 数据核字（2015）第 220857 号

Author: Jürgen Banscherus
Illustrator: Ralf Butschkow
© Faule Tricks und nasse Füsse Ein Fall für Kwiatkowski. Bd.11 (2002)
© Falsches Spiel und schnelle Mäuse Ein Fall für Kwiatkowski. Bd.12 (2003)
by Arena Verlag GmbH, Würzburg, Germany.
www.arena-verlag. de
Chinese language edition arranged through HERCULES Business & Culture GmbH, Germany
Translation copyright © 2015 by shanghai 99 Culture Consulting Co.Ltd.

江西省版权局著作权合同登记号：14-2015-0220

倒霉的鬼把戏　克瓦特探案集⑥

〔德〕于尔根·班舍鲁斯　著　〔德〕拉尔夫·布茨科夫　绘
琦琦熊　刘景姝　译

出版人	姚雪雪
责任编辑	王丰林　郝玮刚
特约策划	尚飞　杨芹
封面设计	李佳
出版发行	百花洲文艺出版社
社　址	南昌市红谷滩新区世贸路 898 号博能中心 A 座 9 楼
邮　编	330038
经　销	全国新华书店
印　刷	山东德州新华印务有限责任公司
开　本	889mm×1194mm　1/32
印　张	5.375
版　次	2016 年 2 月第 1 版第 1 次印刷
字　数	46 千字
书　号	ISBN 978-7-5500-1522-7
定　价	16.00 元

赣版权登字：05-2015-375
版权所有，侵权必究

网址 http://www.bhzwy.com
图书若有印装错误，影响阅读，可向承印厂联系调换。

目 录

克瓦特探案集

倒霉的鬼把戏

琦琦熊 译

一个普通的年轻人，很难用当侦探挣来的钱买到多少东西。每破一个案子，我得到的报酬是五小包卡本特口香糖，这够我嚼上一星期的。除这以外，每周要是只能弄到微不足道的

2.5 欧元零花钱，那最好还是把大采购的念头趁早抛到脑后去吧。

自从在那次两个侦探的较量中败给了超级侦探"大王"之后，我就不得不意识到，电脑对我的职业有多么重要。所以，打那以后，我利用每一次机会央求妈妈给我买台电脑。我甚至对她保证，作为回报，今后二十年里的每天早晨、中午和晚上，家里的清洁全由我包了。但是她丝毫不为所动。

"第一，"她说，"你就会成天坐在那个方盒子前面，打什么怪物来着……"

"那第二呢？"我问道。

"第二，我们没钱买电脑。"

本来我以为还有机会说服妈妈，毕竟那个什么打怪物的游戏对我而言不是问题，我买电脑不是为了玩，而是为了侦查案子。

不可将怪兽当作射击游戏的靶子！

怪兽也有生命！

射击游戏？别对我们干！

但是，对于她的第二条理由，我可是束手无策。自从爸爸离开了我们，每分钱我们都要掰成两半用。

不过我不会轻易放弃。一个好的侦探，需要付出耐心才能达到目的；此外，他还需要有想象力。这两样素质，我都充分具备了，至少我自己是这么认为的。

接下来，我陷入了沉思，共花费了两天时间，也就是六个口香糖。终于，我想出了一个办法，可以让我拥有自己的电脑。我的计谋其实也没什么大不了的，那就是……好了，还是让我们一件事接着一件事地说吧。

那还是在快要放暑假之前，我和妈妈决定这次就不去度假了。复活节刚过（礼物、节日大餐花掉了一大笔钱），我们又要添置一台新的低温冷藏柜，还要给起居室换地毯。因此，我家的家庭储钱罐将要空空如也。

说实话，家里的拮据对于我倒是没什么。

只是在这种情况下，我得在接下来的六个星期里寻找一份能够令人接受的收入来源。我的计划很简单：打工，挣钱，买电脑。

起先，我找了住在附近街角的面包师傅。我可以早上骑自行车给他的新鲜面包送外卖。可是他摇了摇头："抱歉，克瓦特，那可是雇佣童工啊！要是有人追查起来，我可就吃不了兜着走了。"

在《每日新闻》报社里发生的事情也差不多。

"你想送报纸，小家伙？"一个傲慢的家伙这样问我，他头上的发胶多得要往下淌，"再过两年还行，现在你还太小。用了你的话，我们要受罚的。"

此后，一直都是类似的情况，不管我在哪儿尝试，总可以听到这些陈词滥调："你还太小""这样我们会受罚的""我们不雇小孩子"。

天啊，我不是要干扛石头或是搬运钢琴的

活儿！小孩子送送面包或者报纸，这又怎么

了？像往常一样，不管我在哪儿遇到了麻烦，最后总去奥尔佳那儿。我要在她的售货亭里买卡本特口香糖。此外，她还经常给我提供帮助——不仅仅限于我的那些案子。她越过柜台推给我一杯柠檬汽水。接着，她问道："你过得不好吗，小宝贝儿？"

"不好。"我喃喃地用嘶哑的声音抱怨着。这主要是我嗓子不舒服的缘故。徒劳地找了这么半天的工作，我的嗓子确实有点难受了。其次，这也因为我讨厌奥尔佳老叫我"小宝贝儿"。

"有新案子了？"她接着问。

我摇了摇头，

一口气喝完了那杯水，往嘴里塞了一块卡本特牌口香糖。然后我告诉了奥尔佳，这几天来我都经历了些什么。

像以往一样，她没打断我的话。等我说完后，她说道："我可以雇你呀，我的小天使……"

老天，"小天使"比"小宝贝儿"还要糟糕呢！

"只是，我自己也才刚刚渡过难关。"

"我明白。"我说完，起身准备告辞。

可是奥尔佳紧紧地拉住了我的袖子。"我倒是有个案子给你。"她说道。

案子？我确实很想打六个星期的工，但是

如果找不到好的，我也可以像一个侦探那样开始工作。

"说下去。"我说道。

"看看我的奔驰车。"奥尔佳对我这样要求。"快点呀！"她见我还在犹豫，大声喊了起来。

像往常一样，她把那辆老宝贝停在街对面

OL-GA532

视线可及的范围内。她热爱那辆车，至少和爱我一样。就算她晚上抱着那辆车上床睡觉，我也不会觉得奇怪。

车刚刚洗过，车上的铬（gè）化物在阳光下熠（yì）熠闪光。"然后呢？这车怎么了？"我向街对面喊道。

"你眼睛瞎掉了吗？"她也冲我喊着，"驾

驶座的门！克瓦特，驾驶座的门！"

我仔细看了看，看到了那个令人不愉快的东西。门上从左到右，被划上了一道深深的刮痕。

"不可怕吗?"奥尔佳问道，我正重新靠在柜台上。她的眼泪夺眶而出，真的一点不夸张！

"是谁干的?"我想知道。

奥尔佳用她那张大绣花手绢大声地擤（xīng）了擤鼻子。"我不知道，克瓦特。但只要让我抓住那个家伙，我……我……"她哽咽着，"你愿意接这桩案子吗?"

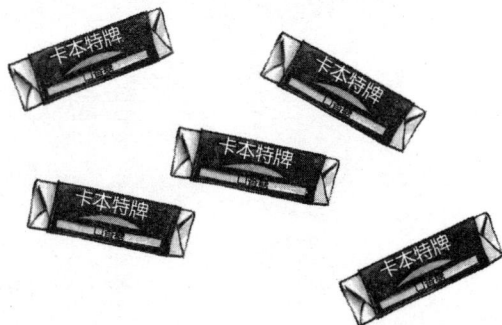

我点了点头。

"照往常付

报酬？"

我又点了点头。

"你是什么时候发现这刮痕的？"我问道。

奥尔佳想了许久。

"昨天，"她终于回答道，"对，就是昨天。而且是在我把车开进洗车房洗完之后。"

"你不自己洗车？"我惊讶地问道。以前我一直相信，她在花园里为这个宠儿额外造了一个浴缸呢。

"那回是个例外，"奥尔佳急忙解释着，甚至微微有点脸红，"我被邀请去参加一个生日聚会，当然车应该洗

干净才好。可我时间不够了，所以……"

我打断了她的话。要是让她继续说下去，她恐怕还要对我谈起宴会上有些什么吃的来。

"你在哪个洗车房洗的车？"我问道。

"在主大街上的加油站。那儿的老板是我的主顾。"

"又有谁不是你的主顾呢？"我问道。

奥尔佳吃吃地笑了起来，抚摸着我的脸颊。"哎呀，克瓦特。"她吁了口气，使劲地眨着睫毛。我担心她的眼睫毛会不会飞出去。

主大街的加油站位于我上学的路上。偶尔我也去那儿买一袋炸土豆片。我们班上其他同学也经常去买些巧克力棒和可乐。对于甜食，我现在宁愿退避三舍。自从破了圣诞节的那桩老鼠炸弹案以后，我就明白了，最好还是不吃巧克力棒、不喝可乐为妙。

这天下午，加油站附近什么也没发生。十二个加油机前只停着一辆车，另外有两辆汽车在排队等着进入洗车房。我自己也不知道，到底要在这里找什么。不过我的探案工作常常这么开始，往往随后就

会与那些重要的线索不期而遇。

就这样，我在加油站附近四处溜达。如果运气好的话，发现那个和奥尔佳的奔驰车刮痕相关

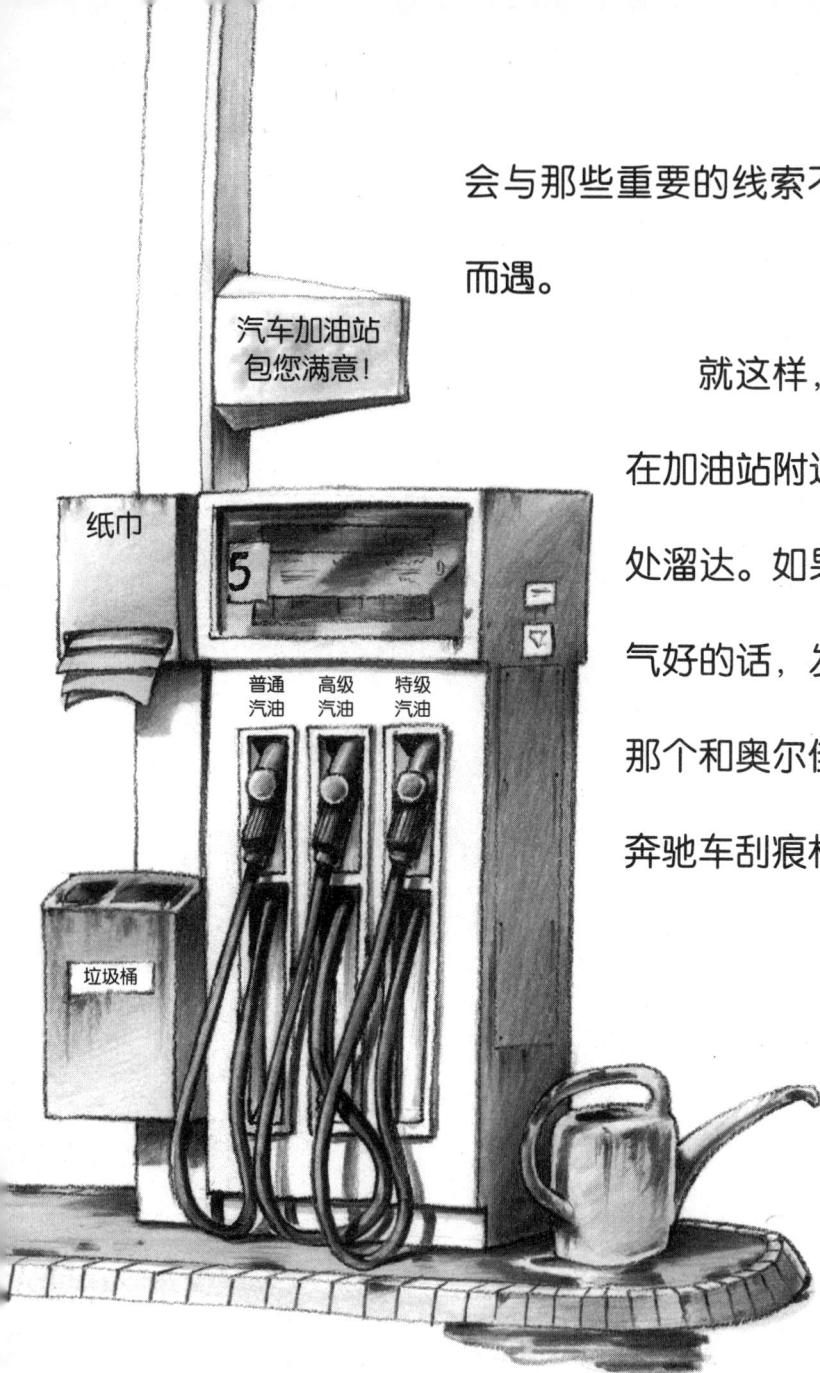

汽车加油站
包您满意！

纸巾

5

普通
汽油

高级
汽油

特级
汽油

垃圾桶

20

的嫌疑犯，也是绝对有可能的。

自从接手这个案子，我就指望能尽快用上我惯用的看家本领：暗地跟踪嫌疑犯，在他最后一次作案时将他逮个现行，然后开始审问他。

可惜我想速战速决的愿望破灭了，这一带没有发现任何可疑的线索。

突然，加油站管理室的门开了，老板走了出来。他名叫司机夫里德，他的老主顾们都喊他"司机"。我们小孩当然不能这么称呼他。

不管天气多么炎热，"司机"仍像往常一样，头上戴着黑色的厚毛线帽子。也许他上床睡觉也从不脱帽子吧。

"你在找什么东西吗?"我听见他对我喊道。

"没呢!"我喊着回答。

"那就滚开!这儿不是你玩的地方!"

好家伙!这位老兄真是特别的不友好。亏我还至少每星期在他这儿花一部分零用钱买零食!要是奥尔佳也这样待人,她的店怕是早就关门了。

我决定了，从现在起，不在这家伙身上再花一分钱！这家伙应该把他那些愚蠢的土豆片和巧克力棒自个儿嚼个干净……

哼，就该这样！

我刚准备走，从洗车房那边跑来一个人。他上气不接下气，满脸通红地在"司机"面前站定了。

"我的车！"他喘着粗气，说道。

"您的车怎么了？""司机"问道。

"油漆！"那人叫道。

"油漆怎么了？""司机"又问。

"刮伤了！"男人叫喊着。

"司机"把毛线帽子从头上摘了下来，说

道："原来是这样啊。"只要他和成年人讲话，就会立刻变得彬彬有礼。

"车间里有油漆笔，各种颜色……"

"我不要什么油漆笔！"那人吼叫着，脸涨得通红。就是西红柿和他的脸色相比，也会黯然失色的。

"你的洗车房有问题！你必须赔偿我的损失！"

"先等等，""司机"好像完全忘记了我的存在，只顾跟那人说话，"您怎么证明您的车是在我们洗车房里刮伤的呢？说不定，是昨天晚上别人把它划伤的？"

"昨天晚上我的车还停在车库里。"那人说道，"而且车库门是锁着的！"

"那好吧，让我们先看看门上的划痕。""司机"说道。

在洗车房前的不远处，这位客人的客货两用车正停在阳光下，闪烁着光芒。但驾驶座的车门上，一道丑陋的刮痕清晰可见，和奥尔佳奔驰车上的划痕一模一样。

"哎呀！""司机"叹道，并用手摸着耳朵，

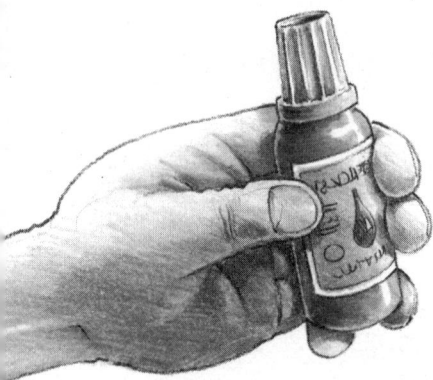

"这可不太好看啊。"

"不好看?!"男人喊道,"整个前门都得重新上漆了!"

"不必那样,""司机"咧嘴笑着说,"用我的油漆笔,您的车会和原来一样漂亮。"

这时他才注意到我已经站在他们旁边有好一会儿了。

"你还在这里!"他开始呵斥我,"马上滚!要快!"

真遗憾啊,我没法了解后面发生的事情

了。"司机"用那种充满威胁的目光瞪着我，我还是赶紧溜掉为妙。和他比起来，我不过属于"最轻量级"的。

当我沿着主大街走了一段路之后，我又折了回来。"司机"和那个客人好像已经结束了争执。顾客上了车，把他那辆轮胎嘎吱作响的车开走了。

几分钟以后，我已在奥尔佳那儿了。我这个最好的朋友刚刚把一包卡本特口香糖卖给了一位身着考究的亚麻布西服、拿着雅致公文包的绅士。就是嘛！还是大人物知道什么东西有品位。

"事情怎么样，我的宝贝？"她有时间和我

搭腔了，于是问我。

我擦了擦额上的汗，深深地吁了口气。这招儿总是管用的。

这不，今天也是。

"天气真热，对吗？"奥尔佳同情地说，"要一杯柠檬汽水吧？"

我一点也不反对。当然不会反对。

终于，我大声地叹了一口气。奥尔佳把一杯满满的汽水摆在了我面前的柜台上，然后，我把刚才在"司机"那儿发生的故事讲给她听。讲完后，我俩都沉默着。奥尔佳神思恍惚地吸着像往常一样没点燃的香烟，我则让舌头痛快地在剩下的柠檬汽水里洗澡。

"也许这一切只是个愚蠢的意外。"奥尔佳终于说话了。

"也许吧。"我说道,"或者那个洗车房出了毛病。"

奥尔佳摇摇头。"我无法想象。"她喃喃自语。

我们又陷入了沉思之中。

突然，我想到了下一步应该做什么。

"我要去洗车房。"我说道，"可能我会发现有用的线索。"

"但怎么去?"奥尔佳问，"那个'司机'会把你扔出去的。那家伙是个暴脾气。"

禁止儿童入内!

"你可以帮我，奥尔佳。"我说。

"好啊，我的天使，"她说，"但我不知道怎么……"

"明天早上你把车开去洗车房。"我说道。

奥尔佳猛地吸了一口气，结果香烟从嘴里掉了下来，正好掉在我的汽水杯里。幸亏汽水已经被喝完了。

"我也一道坐车去。"我把话讲完了。

"不行。"奥尔佳果断地说，"不行，不行，不行！一道刮痕已经够我受的了！"

"刮痕多一道少一道……"我说道，"这又有什么关系呢？反正门要重新上漆的。或者'司机'可以把他的什么油漆笔卖给你一支？"

"他想卖。但我的宝贝车从来只让专业人员碰。"奥尔佳回答道。

最后，她沉默了良久才点了点头："好吧，宝贝儿。你说服我了。但要是明天这辆车整个被划伤了，我可得找你算账。"

"没问题。"我说道，"我们什么时候见面？"

"明天我会早点关门。这样，咱们可以早一些开车去加油站。"

"万岁，奥尔佳！"我叫了起来，然后撑着柜台跳起来，给了她一个吻。

在往常，我倒是更愿意去亲吻一只鼹鼠，不过这一次她的的确确应该得到我的这个吻。

除了她，恐怕没有任何人愿意把车第二次开进

那个洗车房。

亲吻一只鼹鼠，
这有什么不好吗？

家里，妈妈正等着我。

"我们七点钟吃饭。"她责备地说道。

"对不起，妈妈。"

"你又有新案子了?" 她想从我这儿打探点什么，同时把配上羊奶酪的西红柿沙拉递给我。我暗地里希望可以吃到萨尔瓦多的比萨饼[1]。可是很明显，妈妈这次下定决心让我们吃更健康的食品。

"怎么了?" 我反问道。

"你看起来怪怪的。我不知道是哪儿，但总觉得有点不对劲。"

我只好不由自主地偷笑了一下。不管我看上去不太好还是特别好，不管我很有胃口或是没有胃口，不管我很健谈或者寡言少语，妈妈

---

1. 萨尔瓦多，是克瓦特最爱吃的一家比萨饼店。(见《克瓦特探案集 ①: 失踪的滑轮鞋》)

总要猜我有新案子了。

我把奥尔佳车门被划伤的事情说给她听了。

"幸亏我去的是另外一家洗车房。"当我说完后，妈妈这样说道。

"可能洗车的刷子有点不对劲。"

"刷子？"

她点点头，说："有可能是刷毛里混进去了什么异物。"

"那为什么奥尔佳和那个男人的车都只有前门被刮坏了？"

"不知道。你是侦探还是我是侦探？"

躺在被窝里，我还在思考妈妈说的话。异物混进了刷毛里——很有可能。问题在于：异

物是怎么进去的？为什么
"司机"或者加油站别的工
作人员不把它清除掉呢？

第二天清晨，我
从窗户向外看，发现
天空正在下雨。这对
我侦查案子来说是个
坏消息。下雨天谁也
不会开车去洗车房，
因为没人希望洗车过
后，几分钟之内他
的车又变脏了。如果

奥尔佳和我坚持去洗车，马上就会被人注意到的。在学校，我等了五个小时，希望雨能停下来。可惜圣彼得[1]没有赏我这个脸。

正好相反，雨越下越大。我在心里骂圣彼得是个大白痴，他一点也不理解侦探的事业是何种艰苦而责任重大。

我回到家，刚刚把湿漉漉的外套剥下来电话铃就响了。是奥尔佳打来的。她激动地说一定要立刻见到我。

"我还没吃午饭呢。"我说道。

"你可以等会

1. 圣彼得，耶稣的门徒之一。

儿再吃。"她说。

"出了什么事，奥尔佳？"

"和刮痕有关，克瓦特。"

这个我当然感兴趣，而且不止是一点点。

我站着喝了一杯酸奶，穿上干衣服，跑出了门。

外面还一直下着雨。不久，我就在今天第三次被淋成了落汤鸡。半路上，我观察了每一辆超过我的汽车的驾驶室门。没有一辆可以看见刮痕。

当我到达奥尔佳的售货亭时，那儿站着两个女人，雨伞把身子挡得很严实。其中一个很高，很苗条；另一个很矮，而且——应该说是很健壮。

"这就是我跟你们说过的那个侦探。"奥尔佳介绍我。

高个子女人瞧了瞧我。我淋得像个落汤鸡，肯定没法给人留下值得信任的印象。然后她对奥尔佳说："您不是真的这样认为吧。"

"真的，是真的。"奥尔佳热忱地点点头，"全城都找不出一个比他更好的侦探了。"

然后，她转向我说："这两位

的车门也被划伤了。"

"在主大街的加油站？"

这两位女人点了点头。

"是在洗车房？"

"还能在哪儿？！"矮个子女人粗声粗气地回答道。

"我只是随便问问罢了。"我喃喃地抱怨着。

"你真是侦探？"高个子女人问道。

"是的。"我回答道。除此之外，我什么也不是。

此时，我突然有个预感，要是接手这两个女人的案子会够我累的。

"那我们想雇用你。"矮个子的健壮女人

说道。

"我已经在为奥尔佳工作了。"我说。

"你可以为我们三个寻找犯案人啊。"我的朋友说道。

我坚毅地摇了摇头。"给三个人打工，我不干！"我说，"就这样，没得商量！"

高个子女人愤怒地瞪着我。

"这年头，人们得纵容这些小孩到什么地步！"她愤愤地骂道，然后弯下腰朝向她的女友，"我们走，萨宾娜。这儿没有我们要找的东西了。"

"你疯了吗？"那两个人消失之后，奥尔佳

问我，"你自己放弃了十包口香糖！另外，你也可以对我的顾客稍微友好一点嘛。"

"我不喜欢那两个人。"我说道，"和她们在一起，只能惹我生气。"

"但是……"奥尔佳想开始对我说教。

"没有但是。"我打断了她。

停了一会儿，我问她："叫我来干什么？"

"我们现在有十个。"奥尔佳向我解释。

我听得一头雾水："十个什么？"

"有十个人的车门都在那个洗车房被刮伤了。"奥尔佳解释道。

"你从哪儿知道的?"

"我从昨天开始,问了我的每一位顾客。"她答道。

天啊,十辆车!十扇门!现在真是时候给这场闹剧画上一个句号了。

"你现在可以关店门了吗?"我问道,"求你了,奥尔佳!"

她看了看腕表,又看了看收银台,然后再次看了看表。

终于,她说:"好吧,克瓦特。"

她关上售货亭的窗子,并挂起了一块牌子:

破例关门
明日仍为您照常营业！

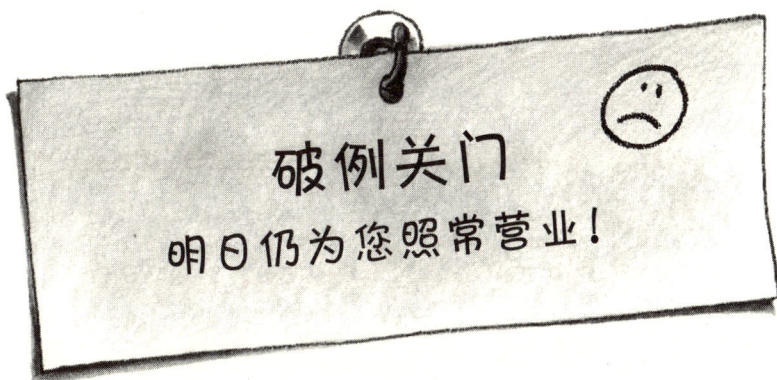

当我们驶到加油站附近的时候，天仍下着毛毛细雨。然而，我们还是加入了极少数坚持洗车的车辆队伍。要是那个刮坏油漆的家伙此时正蹲在哪个角落暗中观察我们的话，我们可没什么招好使。

奥尔佳在交款处向"司机"付了账，把车载收音机的天线降了下来，将所有的窗户升了上去，把启动洗车程序的电子卡插进自动控制器，然后缓缓将车开进洗车房。当指示灯显示

"停"的时候，她停了下来，接着她关闭了发动机，拉上手刹，把身子靠在座椅上。

汽车被洗涤剂喷了个遍，然后硕大的清洗刷开始缓缓运转。奥尔佳还没来得及阻止，我早已跳出了汽车，把自己藏进整套洗车设备的后面，清洗刷就安装在它的上面。伴随着四处飞溅的水花和吵死人的噪音，我开始了调查工作。要是有人从外面偷窥这里的话，该死，他一定会把我看得清清楚楚。

不一会儿，我浑身上下比以往任何时候都湿得厉害，尤其是当我把整个上臂伸进那软得出奇的刷毛中，想寻找那个异物的时候。指望那台正为奥尔佳的奔驰车服务的噗噗喷气的干车鼓风机可以把我吹干的话，当然是不行的。所以，最后我打着寒战回到了汽车上。

奥尔佳把我按在怀里。"谢天谢地，你还活着！"她大叫着，又说道，"你都湿透了！"

我接二连三打了好几个喷嚏。"首先，我没有理由不活下去，"我说道，"其次，我还体验了一次全方位的自动清洗服务，有预洗和抛光呢！"

"可怜的小家伙。"奥尔佳边

说边把汽车开出了洗车房。

"刷子有没有什么问题?"她问道。

"看上去没问题。"我回答。

她走下车，围着车转了一圈，叫道："没有新的刮伤啊。"

"我也这么想。"我说道，"可能这一切就是个意外吧。"

奥尔佳点点头："可能吧。要不，就是你找错了方向。我开车送你回家，湿漉漉的小天使。"

至少每周洗澡

4 次，另外：

1 次耳朵、

2 次脖子、

3 次脑袋（棒

球帽要摘掉！）

湿透的小天使一到家就泡进了浴缸里，把

两片卡本特口香糖塞进嘴里，开始了沉思。没

这家伙长
了个可爱
的嘴！

有什么比泡在热水里，嘴里嚼着这奇妙的口香糖更舒服的事情了。

这些车门的刮痕都仅仅是意外吗？是不是我真的找错了方向？

我闭上眼睛，滑向浴缸的底部，然后让此前一幕幕景象在我的心里像电影般浮现出来。当我的侦查手段没法奏效时，在内心看着这些情节轮番登场、退场这招有时也挺管用。

长着一副苦瓜脸的"司机"，戴着厚厚的毛线帽子出现了，又消失了。然后，我看见水花喷溅的洗车房，还有巨大的毛刷子。接下来，是划伤的车门，一大堆被划伤的车门。最后，是一支油漆笔。我睁开了眼睛：此时油漆笔出现在我的脑海中，有什么用意?

我急忙跳出浴缸，穿好衣服。虽然妈妈会唠叨，但我还是宁可等会儿再把水放掉。现在我还不清楚，油漆笔和这件案子有什么关系，但我百分之百地确定，我找到了正确的方向。一个富有经验的侦探对这些东西很有预感，就好像普通人对即将来临的暴风雨的预感一样。

此时，加油站里所有的加油机都被占用了。阳光照在沥青路面上浮着一层汽油或机油的小水洼上，散射出彩虹般的五颜六色。我在收银台近旁的货架上寻找油漆笔，居

然一支也没有找到。真奇怪……

"有什么需要我帮忙的吗?"我听见一个女孩在收银台那边叫我。和"司机"比起来,这声音听起来友好多了。

"您没有油漆笔吗?"我问道。

"油漆笔?"那女孩反问我,"你需要油漆笔做什么?"

"您有还是没有?"老天,在这个加油站,他们简直就不会简单地回答你任何一个问题!

"我们没有这种东西。"那女孩说完,转身朝向另一位顾客了。

这个加油站没有油漆笔？可是"司机"明明想把油漆笔卖给奥尔佳和另外那个男人啊！这一切说明了什么？我决定今天晚饭后对洗车房进行观察。除此之外，别无他法了。

我和妈妈在七点钟吃了晚饭，我帮她洗了碗，然后做完了功课。接着，我问道："我可以出去一下吗？"

妈妈看了看厨房的钟："这时候出去？"

"这很重要！"

"是为了你的案子？"

我点了点头。

"不会有危险吧？"

我摇摇头。

"那好吧。但你必须九点之前回来。"

"十点!"我说道。

"没那回事。"

"十点差一刻。"我提出建议。

妈妈叹了口气,说:"那好吧,你这调皮鬼。九点半。这是我的最终决定,你必须准时回来。"我亲了她的鼻子一下,然后跑出了家门。加油站在九点关门。到九点半

之前，我估计可以把事情搞定。

　　加油机被令人昏昏欲睡的空闲笼罩着。"司机"站在收银台那儿，正和女收银员闲聊。我尽我所能以最快的速度窜到洗车房后面，把自己藏在了大垃圾桶之间。

　　我开始感觉后悔了，因为我既没带一杯牛奶，也没拿卡本特口香糖，无法打发等待的时间。这时，"司机"走了过来，准备用地板刷清扫洗车房的地面，同时还轻声吹着口哨。

　　他用一刻钟干完了所有的活儿，然后把手伸进了他的裤子口袋里，用指尖

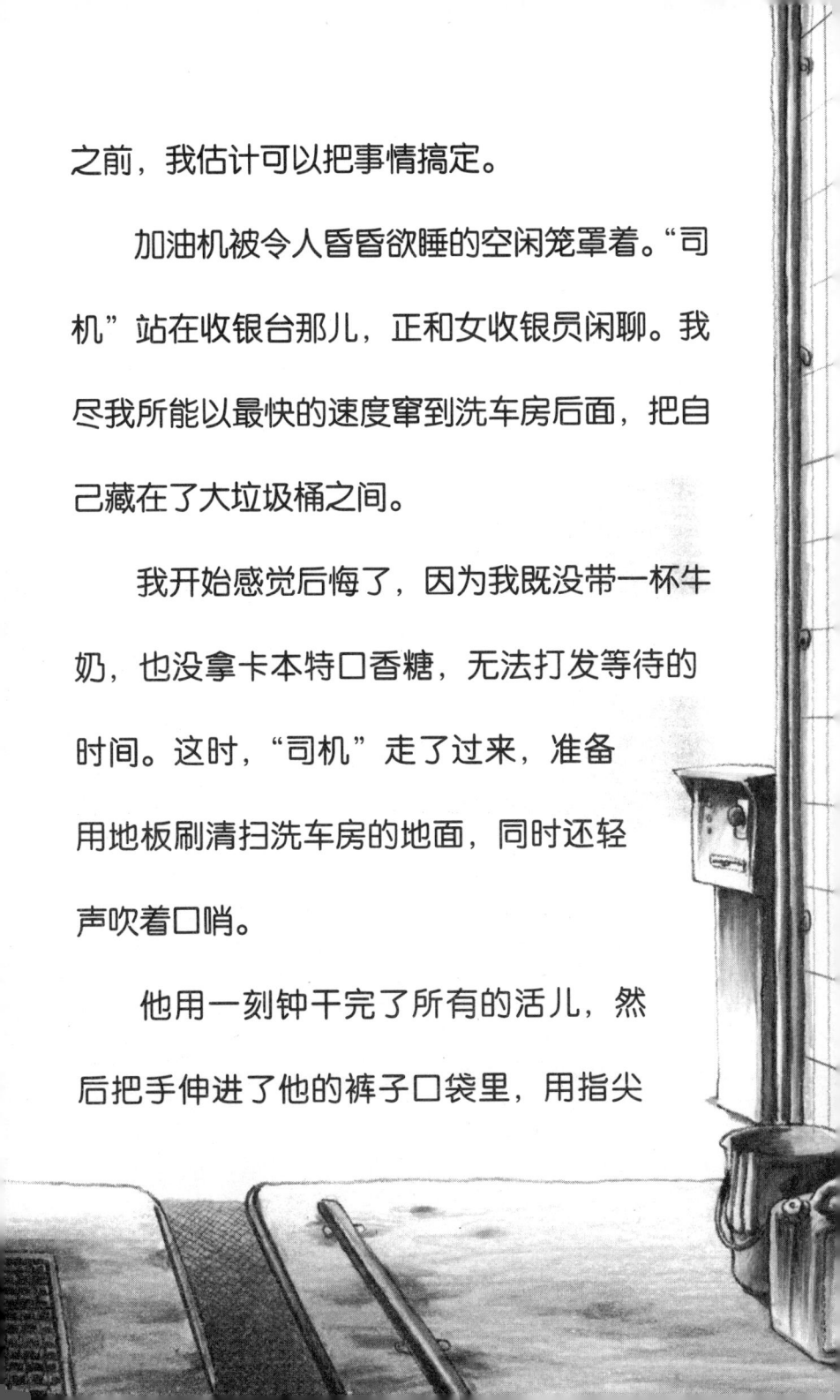

掏出了一个细长的物件。接着，他钻进洗车房里，在一把毛刷子那儿忙碌了一阵子。最后，他想把洗车房的门锁上，不过，显然他忘带钥匙了。他摇着头，走回了管理室。

我的机会到了！就算我只有一分钟的时间，我也要好好加以利用。于是我飞奔到洗车房，从大门中间的那扇小门钻了进去，在刚才"司机"动过的那把刷子那儿搜索起来。千真万确！在刷毛中间，我找到了一柄细细的螺丝刀。

"司机"熟练地把它固定在一个孔里，这个孔本来应该是放一束刷毛的。我猛地一使劲，把那个工具扯了下来，然后赶快跑回我的藏身处。一秒钟也没浪费。我刚重新躲进垃圾桶中间，"司机"就回来把洗车房锁上了。五分钟后，我看见他驾着一辆小型双开门的跑车离去。

一路沉思，我回到了家。时间刚好是九点半。妈妈正坐在电视机前。

"你有进展了吗?"她问道。

我把螺丝刀给她看了。"他就是用这东西干的。"我解释道。

"谁?"

"'司机'。"

妈妈的下巴垂了下来，张大了嘴。"我无法想象。"她说。

"我亲眼看见他是怎么把这东西藏进刷毛中去的。"我说道。

"可他为什么要这么干?"妈妈问道。

"这个,我明天就能搞清楚。"我回答道,"明天这个案子就真相大白了,我克瓦特说话算话。"

之后,我躺在床上,任思绪在脑海中飞驰。当从冰箱里拿了罐牛奶时,我才稍稍平静下来。我应该怎么办?把证物交给警察?要证明那些车门上的刮痕的确是用这把螺丝刀弄出来的并不难,但"司机"肯定不会承认,是他把这东西藏到刷毛下面去的。这样,他的证词就会和我的相违背。

要是我自己和"司机"谈谈呢？倘若我威胁要报警呢，如果他不把这桩蠢事停下来的话？好像这也没法奏效。"司机"看上去不是一个会被我威吓住的人。不行，我还得查明他干这件事的动机。

　　第二天一早，我和全班一道参观了古罗马博物馆。一大堆破成碎片的锅，几块扭曲变形了的盔甲、生了锈的臂箍——整个活动没什么特别吸引人的。

因此，我有一大堆时间用来思考我下一步的行动计划。当我们乘车返回学校的时候，我的计划已经完成了。我真为自己感到自豪。如果一切顺利的话，人们简直可以为我立一个纪念碑，至少五米高吧，上面用金色的字刻着：纪念全城最伟大的侦探。

妈妈今晚要去医院值夜班，她晚上要到十点钟才能回来。回到房间，一放下书包，我就狼吞虎咽地吃下了双份的意大利面条，然后奔向奥尔佳。我需要她，没有她我的计划无法实施。

"要一杯汽水吗，我的宝贝?"她跟我打招呼。

我摇了摇头。"你汽车的油加满了吗?"我问道。

"没有。不过应该可以再加点。"她答道。

"快关店门。我们去加油。"我说。

"可是……"她还想提出抗议。

"求你了，奥尔佳。"我说道，"如果你肯帮我的话，最多一个小时我们就能知道是谁把车划伤了!"

奥尔佳叹着气，转动了一下眼球。

"哎，克瓦特，我根本没法拒绝你任何事情。"

在我们开往加油站的途中，我向她解释她应该做些什么。

"告诉那个'司机'，说他的车应该再洗一次。然后你直接把车开回售货亭。明白？"

听了我的请求，奥尔佳显出有点惊奇的样子，但还是答应按我要求的做。

加油站里几乎没什么生意。这对我们来说很不错，或者说是非常好。奥尔佳加了 20 欧元的油，然后去了收银台。

我飞快地跑向洗车房，像前天一样，把自己藏在那堆垃圾桶中间。此时没人洗车，这对我的计划而言，正是个绝佳的时机。现在万事俱备，只欠"司机"现身了。

果然不出我所料，几分钟以后，他开着车来了。他的车虽不是特别干净，但看起来也不像是急需清洗的样子。不过很明显，奥尔佳成功地说服了"司机"去洗车。

他将电子卡插进自动控制器，然后把车开进了洗车房。门在他身后关上了，洗车程序开始了。

我争分夺秒，迅速撤离了我的观察哨岗，急忙冲进大门内的玻璃小间里。刷子正在清洗"司机"汽车的防护罩、前轮和挡泥板。等清洗完这些部件，刷毛缓缓移向了前门。

我轻声数着："21，22，23……"，然后一个健步奔向自动控制器，按下了红色的紧急按钮。一瞬间，洗车间里所有的设备都停了下来。当我透过玻璃门向洗车房里看的时候，发现硕大的刷毛正好抵在汽车驾驶室的两扇门那儿。"司机"没办法出来了。看来还是不买只

有两扇门的汽车比较好……

到目前为止，一切都按计划顺利进行，现在到了我计划中最困难的一部分。为了保持镇定，我往嘴里塞了一块卡本特口香糖，又做了一个深呼吸，然后步入洗车间。"司机"正蹲在他的车里，愤怒地咆哮着，震得车体都在前后摇摆。我在他的车窗上敲了一下，做了一个让他把窗玻璃降下来的手势。他照办了。一股激烈的水流冲进车厢，把"司机"弄得更加暴怒。

"又是你！"他号叫着，满脸通红像烧着了一样，"你想干什么？你疯了吗？快让我出去！"

我等他自个儿咆哮够了，才沉着镇定地从裤子口袋中拿出了那把螺丝刀。

"这是您的吧?"我问他，正好在他猛吸一口气的时候。

"当然是我的，"他呵斥道，并想把手伸出窗外来夺，"快还给我!"

我微笑地退后一步。

"您想想，如果我把这东西交给警察，会发生什么事?"

这仿佛一个晴天霹雳，"司机"停止了怒号。

"你……你是谁?"他目瞪口呆地问道。

"我是克瓦特，是个侦探。"我答道，"我

在调查刮痕案，有几辆汽车在这个洗车房洗完后，就被刮伤了。"

"司机"思索了一会儿。然后他问道："你为奥尔佳工作，对吧？"

"不假。"

"是你们两个合伙把我引进圈套的，对吗？"

"对。"

"偏偏在奥尔佳这儿出了漏子，"他喃喃地抱怨道，"真是活见鬼！"

"我想知道，您为什么要这样干？"我说道。

"说了你就放我出去？""司机"问道。

"也许吧。"

"那要是我不说呢？"

"我就报警。"

"司机"的脸色更加苍白了。

"老天！"他叫了起来。

"只要别报警！——好吧，克瓦特，就听你的。不过我得先从这儿出来。"

他告诉了我几个密码，我把它输进自动控制器，洗车程序就继续进行了。五分钟之后，"司机"把车

开出了洗车房，把副驾驶座的门打开，叫道："上来吧！"

"我不会把你怎么样的！"他看我有点犹豫，又说道。

不敢冒险，就当不了侦探。我坐了上去。开了一小段路程之后，我们在一个狭窄的屋子前面停了下来。"司机"走在我的前面，进了一间地下室。我跟着他，始终保持着一段距离。要是这一切是个圈套的话，我还有机会逃跑。

在地下室里，一大摞（luò）的箱子一直堆到了天花板。

"这里面到处都……"

"……装的是油漆笔。"我代替"司机"把他的话说完了。

他点了点头。据他解释，一个朋友在去年把这些油漆笔搬了过来。有可能这些笔是偷来的，但他用名誉担保，他本人并不知情。不

管怎样，他把这些油漆笔卖给了车体被划伤的顾客，所得的钱，他和那位朋友分了。

"您是在什么地方把这些油漆笔兜售给别人的？"我问道。

"在管理室，就挨着洗车房。"

"在那儿做这笔生意倒是很方便。"我说，"因为您没卖出去多少油漆笔，所以就用那个螺丝刀来帮忙？"

他点点头："我在加油站根本说不上话。你知道吗，连车都是我老婆的。她什么都要管着，即使坐在家里也是这样。这笔油漆笔的生意，是我自己的事，她还蒙在鼓里。如果她知道了，一定会把我的脑袋拧下来的。"

我指了指上面："她在吗？"

"司机"摇了摇头："她出去买东西了。"

"您是怎么做到只刮伤车的前门的？"我还想确认更多细节。

"这个嘛，我先前用一辆报废车试验过。螺丝刀插得很松，在碰到门把手的时候就能掉

线索：车门上的划痕
↓
调查
↓
观察
↓
判断
↓
找到嫌疑人

落下来。"

我又问他，最近是否多卖了些油漆笔。

"多多了。"他回答说，"几周工夫就卖了三十支。几乎所有人都相信了我的话，以为刮痕不是我们洗车房弄的。我得承认，我干了一桩蠢事。"

我们沉默了一会儿，然后"司机"问道："你现在去报警吗？"

我摇了摇头："我的任务已经完成了。我会把这些跟奥尔佳说的，最后由她决定事情应该怎么办。"

"我老婆那儿呢？"

"您太太怎么了？"

"可不能让她知道这件事！""司机"说道，"求你了，克瓦特！"

"您和奥尔佳去说吧。"我说道。

"又是奥尔佳。""司机"低声抱怨了一句，然后问，"我可以要回我的螺丝刀吗？"

"以后吧，"我回答道，"也许可以。"

把手中唯一的证据就这么交出去？就算是新手也不会犯这种错误的！

我所猜想的事情应验了。奥尔佳是个烂好

人。她和"司机"商议妥了，由他来负担她重新油漆车门的钱。奥尔佳还另外要求，同样在洗车房被划伤了车门的其余九位车主的油漆费，也都该他出。"司机"建议由他自己用油漆笔修复刮伤，结果遭到所有人的一致拒绝。所以，他只好负担一笔该死的巨款了。不过，说老实话，我一点都不同情他。他已经赚得够多了。

案子调查完的三天后，我再次拜访了奥尔佳。她的老奔驰焕然一新，在阳光下闪闪发亮。

"我还没付给你酬金呢。"她说着，把5小包卡本特口香糖沿着柜台推给我。此外，她还把一个信封塞到我的手心里。

我打开了信封，四张 50 欧元大钞滑了出来。

200 欧元！这难道是……

"呵呵呵……这钱，是给我的吗?" 我结结巴巴地问道。

奥尔佳点了点头。

"这是我从那帮人那儿募集来的一点钱。

就是那些车门也被刮伤的人，你知道的吧？"

在通往自己电脑的这条路上，我已经迈开了第一步。我踮起脚，在本月份里第二次给了奥尔佳一个吻。

"我长大了就娶你!"我说。

奥尔佳笑了:"我等着你,我的宝贝儿!"

这时,我又害怕她会把我的话当真了。看

来我还是乖乖闭上嘴比较好!

克瓦特探案集

坏游戏和笨鼠标

刘景姝 译

这是暑假之前的某一天晚上。那天晚上，我躺在床上辗转反侧，怎么也睡不着。结果，第二天早上老妈足足用了两条湿毛巾才让我"起死回生"。

"你没有睡好吗？"吃早饭的时候她问我。

我困得实在不想说话，只好点了点头。

"又有新案子了？"她追问道。

"没有新案子，"我答道，"不过，今天我能拿到我的电脑了！"

老妈叹了口气。她觉得用洗车房那件案子赚来的钱买电脑是个彻头彻尾的馊主意。

我猜，她脑海里浮现的大概是，我将会没日没夜地趴在显示器前，最后变成一个机器人，只要一看见会移动的东西就冲上去扫射一通。

其实，我根本就没有用计算机来玩游戏的打算——至少不会光玩游戏。我是为了办案和调查才买这玩意儿的。众所周知，那种侦探只靠判断力和灵敏的鼻子就能混饭吃的年代早就一去不复返了。这话不仅"大王"上次和我比赛的时候说过，从其他侦探那里我也早有耳闻。事实上，在本市所有的侦探里，我是最后一个仍然停留在中世纪，仍然用那些老掉牙的方法办案的。

所以，下午"萨尔瓦多比萨店"的送货车停在我们家门口时，我马上就把家庭作业丢到了脑后，赶紧跑出去帮萨尔瓦多把主机、显示器、打印机和键盘搬进了我的房间。

这是萨尔瓦多淘汰下来的旧商务电脑。因为我曾经给他帮过点小忙，所以他就把这台电脑以"友情价"转让给我了。

所有的东西都放好以后，我的写字台上就

再也没有什么空地了。

"再见，克瓦特，"萨尔瓦多说完，转身向门口走去，"好好玩吧！"

"可是……"我一把抓住他格子夹克的袖

子——那件衣服是他烤比萨时专用的工作服，"我是说……嗯，你难道不打算帮我把这台电脑装好吗？"

萨尔瓦多用力拍了拍我的肩膀。这一巴掌就拍得我矮了20厘米。要知道，虽然这家伙最多只比我高半个头，可体重至少比我重上200磅。"我会烤比萨饼，"他说，"全城最好的比萨饼。但是对电脑我可什么都不懂，完全是一窍不通，亲爱的伙计！"

幸好，这个难题不到半小时就搞定了——我给同班同学费利克斯打了电话。他不光让这台机器运转了起来，还给我讲了电脑的基本常识，并且告诉我该怎样上网。除此以外，他还保证，只要我需要，无论什么时候他都乐意帮忙。

现在我终于有自己的电脑了！显示器上闪烁着柔和的光芒，主机在嗡嗡地鸣叫，屏幕上的鼠标就像一块光洁的宝石，在我的操作下轻

轻滑动。

好家伙！此刻的我实在按捺不住兴奋的心情，激动得简直想叫出声来。不过，我最终还是忍住了。

侦探是不能大呼小叫的——就算独自一人的时候也不行。

不出所料，才过了一个星期，我就在电脑的帮助下破了一个案子。我们班上的塞巴斯蒂安过生日的时候得到了一件超贵重的礼物。那是一件美国制造的、真正的蓝色棒球夹克，后背上还印着一个大大的数字"33"。因为这件夹克，我们简直羡慕得要死。

可是有一天，塞巴斯蒂安在上学的路上被两个陌生的大男孩拦住了去路，他们把那件夹克抢走了。

塞巴斯蒂安当天就给我打了电话，问我能不能帮忙破案。他的父母本来想去找警察，但是他坚持把这件案子交给我办。"克瓦特比警察强多了！"塞

巴斯蒂安对父母说。

你别说，这话确实不假……

依照惯例，我首先要详细地了解案发经过
的每一个细节。塞巴斯蒂安
告诉我，抢夹克的时候，他
听见其中一个男孩管另
外一个叫"杂毛"。

回到家里，我一
头扎到了电脑前。在
网上进行了一阵短暂的
搜索后，我找到了一

个网页，它的创建者就是一个叫"杂毛"的家伙。

我立即把塞巴斯蒂安叫到家里来，给他看屏幕上显示的这个"杂毛"的照片。塞巴斯蒂安马上就认出了这个抢夹克的坏小子。

接下来的事就易如反掌了。我给那个抢夹克的家伙发了一封电子邮件，警告他说，我们准备去警察那里报案。

这一招收到了立竿见影的效果：第二天，那件夹克就完好无损地挂到了我们教室外的挂衣钩上。不过，塞巴斯蒂安却在夹克口袋里发现了一张字条：

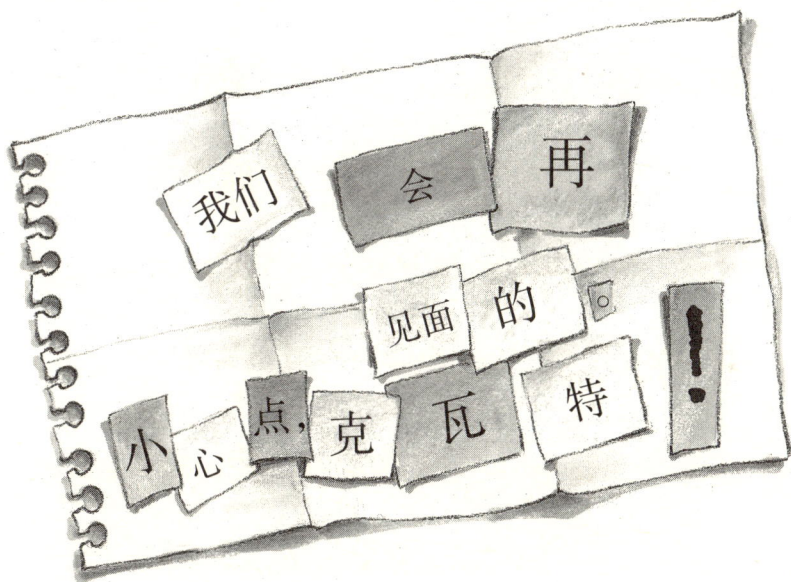

我决定不去理会字条上的威胁。要是这种小小的威胁就能把我吓倒，那我还配当侦探吗？

塞巴斯蒂安别提有多高兴了。作为酬谢，我也得到了五盒卡本特牌口香糖。如果以后的办案过程都能这么顺利就好了。那样的话，我只要再积累点经验，就能跟"大王"平起平坐了。

135 - 137

在接下来的几周里，如果没有塞巴斯蒂安给我的那几盒卡本特牌口香糖，我根本就没法这么快搞定萨尔瓦多的旧电脑。每当我陷在网络中理不清头绪的时候，这种法力无边的口香糖就能帮我在最短的时间内发现问题。它们让我的大脑一直保持着最佳状态，简直就是我的第一功臣。

这样一来，塞巴斯蒂安作为谢礼送给我的那几盒口香糖自然就飞快地见了底。现在，我只好再去奥尔佳的售货亭，给自己囤点货了。她可是我交情最老、关系最铁的女性朋友。

平时我每次去她那儿，她都会特别高兴。可是今天她对我的态度却和别的顾客没什么两样。

"请问，您想要点什么？"她说。

"给我来一盒卡本特牌口香糖。"我答道。

她从柜台上把口香糖推到我的跟前，我把钱塞到她手里。

"您还想要点别的吗？"她看也没看我一眼，接着问道。

"你怎么了，奥尔佳？"我问她。

"没事啊。"她说。

售货亭

我撕开包装，把一块口香糖塞到嘴里。"得啦，"我说，"你肯定有什么事！"

她从裙子兜里掏出来一块大花手绢，响亮地擤了擤鼻子，然后答道："我说，原来你可是老上我这儿来的，克瓦特。你现在是不是又交上新的女朋友了？就像上回那个蒂娜那样？"

"别瞎猜，"我说，"我现在可是受够女孩子了。我没交女朋友，只不过是搞到了一台电脑。"接着，我给她讲了自己迅速破获夹克抢劫案的奇妙经过。

奥尔佳聚精会神地听着我滔滔不绝的描述。我就知道，她从来都不会真生我的气，谁叫她那么爱我呢。

我讲完以后，她马上转身走到柜台后面，回来的时候手上就多了一瓶橘子汽水。

"给你，不要钱。"她一边说，一边把汽水放在了我的面前。

我的甜心儿！

随后，她问道："你现在真的会用那台电脑了？"

"这还用说！"

"那我这里正好有一个案子要你帮忙。"她说道。

我一口气把那杯橘子汽水喝了个精光。

"快说，快说。"我急不可待地催道。

于是，她告诉我有个名叫"魔幻花园"的电脑游戏，这我还真是头一次听说。奥尔佳说，这个游戏是一位顾客偶然在自己11岁儿子的电脑里发现的。

当时这位顾客大吃了一惊。可是，任凭她绞尽脑汁使出了千方百计，可就是无法搞清

自己的孩子到底是从哪里搞到这个暴力游戏

的。她不仅停了儿子的零用钱，还禁止他看电

视或玩电脑，但那个男孩打定了主意，就是不

开口。

"魔幻花园？"我说，"这名字听起来挺不错啊。"

"挺不错什么啊！"奥尔佳叫起来，又擤了擤鼻子，愤愤地说，"听说这个破游戏里有大量血腥的场面，天知道此外还有什么玩意！真不知道到底是什么样的人渣会把这种游戏卖给孩子？"

我耸了耸肩。其实，我以前就知道有些同学在电脑和游戏机上玩暴力游戏。不过，我还真的从来没听说过这个叫"魔幻花园"的游戏。

"你接不接这个案子啊？"奥尔佳问。

我点点头："报酬怎么算啊？"

"肯定少不了你的，"奥尔佳说，"你放一百个心。"

回到家里，我先给费利克斯打了个电话。在电话里，他告诉我他确实听说过这个游戏。不过他自己既没玩过，也不知道在哪儿可以买到。

"那你知不知道，还有谁可以帮得上忙呢？"我问他。

"我可不知道，克瓦特，"他回答道，"他们所有人的嘴都很严。你根本就别想找到什么破绽。"

"'他们'是谁？"我马上抓住这个词问道。话刚出口，我就后悔得恨不能马上抽自己一个耳光。不要刻意追问别人不小心说漏嘴的话，我怎么连这么基本的侦探常识都忘了！这样做只会引起人家的防范。

不出所料，费利克斯只是含糊不清地嘟哝了一句："我说过'他们'吗？你八成是听错了吧。"然后他就把电话挂掉了。

我敢肯定，这家伙知道的绝对比他说出来的多得多。这点直觉我还是有的，要知道这可不是我接手的第一个案子了。我只是想不通，费利克斯为什么不肯和我合作。他到底想隐瞒些什么呢？

　　每当案子进展受阻的时候，跟奥尔佳聊聊天往往能帮我找到新的灵感。

　　"哈罗，我的小心肝！"还没走到售货亭门口，我就听见她大声地向我打招呼。幸好当时旁边没别人，不然我就得找个地缝钻进去了。她怎么就学不会正常一点地跟我打招呼呢？真

希望她别再管我叫"甜心儿"、"小天使"或者"我的小心肝"之类的了。"你又来买卡本特牌口香糖了？"她高兴地问。

我摇摇头，详细地向她讲述了案子的调查情况。听我讲完以后，她就把一根香烟塞进了嘴里。不过，跟往常一样，她并没有把烟点燃。她一思考，就喜欢在嘴里叼着一根没点着的香烟来回晃悠。

"要不这么着，你跟费利克斯说，你自己想买这个游戏。"最后她提议道。

"他才不会相信呢。费利克斯知道我是干什么的。"

"你不会换个别的名字啊！"奥尔佳说。

我笑了："怎么换呢？难道要我去黏上一把胡子？这里的人谁不认识我呀！"

她把香烟扔进了身后的废纸篓中。"你问我，我问谁去？咱俩到底谁是侦探呀？"她没好气地抢白我道，"是你还是我？啊？"

　　告别了奥尔佳，我一边沉思着，一边朝家走去。

　　妈妈又到医院上晚班去了，整个家现在就归我管啦。每当遇到难题时，我都喜欢在浴缸里放上满满的一缸热水，然后泡进去，让热水没过下巴。这样，我的脑细

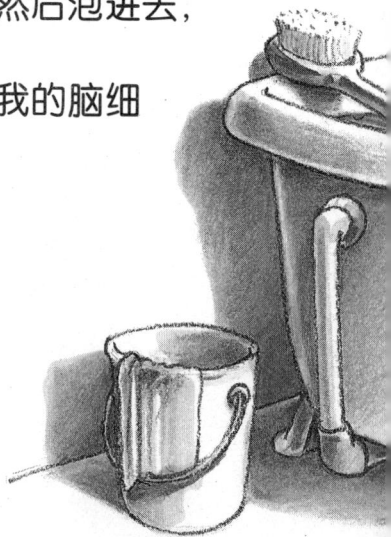

胞就能全速开动了。如果直觉不错的话，这个
"他们"应该就是那些向孩子们兜售恐怖游戏
的人了。

奥尔佳说得对，如果我想接近"他们"，装成买主无疑是最好的方法。但是，怎样做才能不暴露我的真实身份呢？想到这儿，我忽然灵机一动，脑袋顿时豁然开朗。我急忙爬出浴缸，擦干身子，随手把妈妈的浴衣往身上一套，就跑去给塞巴斯蒂安打电话。电话很快接通了。

"你有电脑吗？"我问塞巴斯蒂安。

"当然有了。"

"那也有电子邮箱啦？"我接着问道。

"那还用问。"

我告诉他我想买个游戏。当然，对他也只能暂时保密。我毕竟不能确定，他会不会也跟我要调查的那些幕后黑手是同伙。

　　十分钟之后，塞巴斯蒂安写给费利克斯的邮件就已经发出了。塞巴斯蒂安在邮件里声称自己对这个叫"魔幻花园"的游戏很感兴趣。现在唯一能做的，就是等着看费利克斯会如何回信了。

3次

遇到事不顺时，
请深呼吸三次！

不幸的是，费利克斯那边没有动静。我担心的情况果然出现了。这说明他恐怕真有什么秘密，所以才不敢贸然行动，唯恐露出马脚。不过，一天之后，塞巴斯蒂安就收到了一封重

20:00
在市政厅喷泉处见！
暗号：红色毛线帽

www-billig-milch-kaufen-de

魔幻花园？

要的邮件。他把邮件拷贝了下来，转发给我。

　　根据屏幕上的显示，这封邮件是从本城的一个网吧里发出来的。"他们"可真够狡猾的——这样我就不能从邮件地址上看出任何破绽了。现在我只能祈祷，那个发信的人真会到市政厅的喷泉那儿去跟我碰头。

离约定的 8 点还有一个多小时。我回到自己的房间，在旧唱机里放上一张滚石乐队的唱片，然后往床上一倒，闭上眼睛就睡着了。

直到电话铃响起，我才惊醒过来。是老妈打来的。每次上晚班时她都会这样，她的那些碎碎念听得我耳朵都起茧子了：

"你做完作业了没有？收拾屋子了吗？"

最后，她说："刚才我接到个奇怪的电话。对方问我是不是侦探克瓦特的妈妈。"

我立刻就清醒了。"什么？那您是怎么说的？"我大声问道。

……了吗？给你的小豚鼠喂食了没有？今天你早点上床睡觉好不好？"……

"我问那个人，他是谁，还有为什么要问这个，"我妈说，"可是他一下子就把电话挂掉了。这到底是怎么一回事？"

"我也不知道，妈妈。"我回答道。

这个情况出人意料，居然让我完全摸不着头脑，我想破了头也不明白那个电话到底是什么意思。也许只是一个新的委托人而已。但也很可能是那些幕后黑手中的一个。难道他们已经觉察到我在调查他们？可是他们怎么会这么快就得到消息了呢？除了费利克斯和塞巴斯蒂安以外，谁也不知道我正在进行调查。肯定是他们中的一个走漏了风声，不然就解释不通了。我真想马上教训教训他们。

不过，我还是得先到市政厅的喷泉那里走一趟。步行街上寒风凛冽。我心里很后悔，刚才出门时要是再穿暖和点就好了。各处的商店都在准备打烊。一辆警车正从商场门口缓缓地开过。

市政厅喷泉下的台阶上坐着几个玩滑板的人，都只穿着一层单薄的 T 恤衫。我就纳闷了，他们怎么一点儿也不怕冷呢。

另外还有两个男孩坐在几米开外的地方。我仔细地打量着他们。那两个人都抽着烟，身边还放着一个小烧酒瓶子。嘿，他们其中的一个戴着一顶红色毛线帽子。

我一直等到玩滑板的人全部离开，才向那个戴着红毛线帽子的男孩溜达了过去。这时市政厅楼上的大钟刚好指到 8 点整。

"我来了。"我说。不过我马上察觉到，情况好像不大妙。

"你想干吗？"那个男孩子态度蛮横地问我。

"不是你约我来的吗？"我反问他。

那个男孩把没抽完的香烟用手指一弹，烟头就蹭着我的头皮飞了出去。

坏滑板专用

"我可没约过什么人。"他说。

现在连傻子也知道，我是找错人了。

不过我还想再确认一下。"就是买游戏的事。"我又说。

"你要是想玩游戏的话，自己找个沙坑玩去。"戴毛线帽子的男孩说。

他的朋友也在一旁哄笑："怎么着，还不快滚蛋啊？"

虽然出师不利，但我还是在喷泉附近继续转悠了一会儿。可是没有再出现别的戴红色毛线帽子的人了。

难道那个没露面的人已经知道了我的底细？或者，他邮件里的意思会不会是，我应该

戴一顶红色的毛线帽子？

　　哎呀，说不定就是这样！我怎么早没想到这儿呢？不光这一点，更糟的是，我出来的时候居然忘了摘掉头上的棒球帽，那上边还印着我名字的大写字母"K"！

　　我敢打包票，这个街区里的每个人都能认出我的这身行头，我这次"换名字"可真够成功的。唉，别提了，这回我可真是蠢到家了！好吧，现在调查又得从头开始了。

　　回到家后，我把中午用过的碗刷干净，又把厨房整理好。老妈下班回来看到家务已经干完，肯定会比较高兴。然后我脱掉外套，换上

大傻瓜！

睡衣，坐到了电脑前。老妈要是看见我在家这样，肯定又会把我唠叨死。

我一上网就先去查看有没有收到新的邮件。结果还真有一封——可这封信怎么那么奇怪啊！信上写道：

致所有的侦探："网络猎人" —— 一种神奇的网络调查辅助软件！

这封信是从一个叫 der.knipser@gti.de[1] 的信箱发来的。

现在，在案子没什么进展的时候，这样一

---

1. knipser 是德语，意思为"夹子"。

个软件说不定还真能派上点用场呢！不过，我可不想就这么轻易地使用陌生人给我寄来的什么软件。首先，我得摸清楚这个把自己的邮箱地址命名为"夹子"的人到底是什么底细。俗话说得好，小心驶得万年船，侦探更要时刻保持警惕。

如果他就住在本城，那事情就简单多了。不好意思，我可没钱出远门。再说，老妈也绝不会允许我走太远的，何况现在还没放假呢。

于是我写了一封回信：

我对你们的软件很感兴趣。明天下午4点我有时间。请告诉我见面的地址。

克瓦特

不一会儿，屏幕上就显示收到了"夹子"

的回信：

明天这个时候，
艺术博物馆旁边的网吧
里见。

夹子

当天夜里，我被噩梦惊醒了好几次。我梦见自己被巨大的红色毛线帽子包围了。成千上万的红色毛线帽子从我的电脑里爬出来，排着队向我齐步走来。这真是太吓人了！第二天早上我的睡衣全被冷汗湿透了，就好像老妈夜里把我扔到洗衣机里洗过但又没甩干一样！

126

　　我一连喝了三杯牛奶，又嚼了一块卡本特牌口香糖之后，才渐渐定下神来。

　　到校以后，老师告诉全班同学，费利克斯和塞巴斯蒂安病了。

　　病了？经历了昨天发生的事情后，鬼才相信这是个巧合呢！

他俩中间肯定有一个是因为怕被我质问，所以才躲在家里不敢露头。难道说，他们两个都被卷进了这件案子？

忍耐了 5 个小时之后，放学的铃声终于打响了。我匆匆收拾好东西，飞快地跑去找奥尔佳。我的口袋里只剩一块卡本特口香糖了，我必须及时给自己"加油"。

天空碧蓝，阳光灿烂。奥尔佳站在她的售货亭外边，背靠着柜台，正闭着眼睛晒太阳。我踮起脚尖，轻轻溜进售货亭，然后跑到柜台里站好。

"你在干吗呢？"我问她。

奥尔佳一惊，差点儿让我给吓出心脏病。

过了好一会儿之后，她才能重新开口说话。

"妈呀！再……再……再也不许你这么吓我了，克瓦特！"她喘着粗气说，"差……差……差点儿就要了我的命！你赶紧给我出来！听见没有？"

调换了位置之后，我买了卡本特牌口香糖。

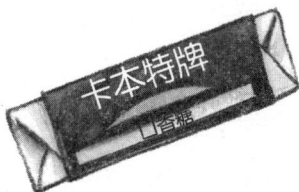

可惜今天就没有免费的橘子汽水了。

"调查进展得怎么样了？"她缓了一口气后问道。

我给她讲了下午约会的事。

"'夹子'，"听我说完之后，她说，"听起来不大妙呀。"

"你觉得这名字有什么不对头吗？"

奥尔佳把一块口香糖放进嘴里。

她吃的是那种我闻都不闻的便宜货。"你还记得那个叫蛇的家伙吗？"她问我。

"当然了。"

"还有那个'老鼠'？"

我再次点点头。

"这几个都是坏家伙，"奥尔佳说，"连他们的名字也都痞里痞气的。"

我拍拍她的胳膊，安慰她道："你想得太多了。"

两小时以后，我来到约定的网吧门前。

透过脏兮兮的玻璃窗，我看见里边有两个

男人，各自趴在一台电脑前面。网吧的柜台上放着一台意式浓缩咖啡机。柜台后面有一个年轻的女孩正在化妆。她的头发颜色火红。

我迈步走了进去，那两个男人头也没抬。

看来他们谁都不是"夹子"。

"想上网吗？"那个年轻女孩问道。我摇摇头，说："我能在这儿等人吗？我和一个叫'夹子'的人约在这儿见面。"

她笑了笑："'夹子'？不认得。你想喝点什么吗？"

"您这儿有牛奶吗？"

她点了点头，这倒真是出乎我的意料。

原来，这样的网吧也不只是卖咖啡和可乐

啊！我刚喝完一杯牛奶，一个男孩就走了进

来。他的样子看起来比我大几岁。

"你是克瓦特？"他问。

"那你就是'夹子'啰？"我反问道。

他没有答话，而是拉着我走到了旁边一台空着的电脑前。他从夹克口袋里掏出一张 CD，放到了光驱里。

接着，他用了整整一个小时来给我演示这个"网络猎人"软件所具备的功能。他的手指上下飞舞，快速地敲击着键盘，鼠标在他的手里好像变活了一样。他告诉我，这个软件可以在很短的时间内找出很多违禁游戏和相关的站点，它还能找出在网上提供违禁游戏的个人和公司。

演示完毕后，"夹子"把 CD 盘从光驱里取了出来。

"怎么样，克瓦特？你想不想要这个软件？"

"当然想要……"我回答道。我正想请他

帮我查一下那个叫"魔幻花园"的游戏,他却

打断了我的话头,说:"40 欧元。"

就在这一瞬间,我忽然清醒地意识到,自

己刚才似乎被"夹子"所展示的那些天花乱坠

的功能迷惑了。侦探的本能让我警觉起来。

"你到底是从哪儿知道我的名字的?"
我问。

"从大王那儿," 他答道, "你上次跟他比
赛的时候不是输了嘛。你没忘吧? 大王用我的
软件已经有很长时间了。"

大王也用这个家伙的软件? 这么说这软件
似乎挺靠谱的。不过, 我的问题还没问完呢。
"你听说过一个叫'魔幻花园'的游戏吗?" 我
想试探一下他是否知情, "这是一个特别暴力
的游戏。"

他摇摇头。"从来没听说过, 克瓦特。不
过, 如果这是个违禁游戏, 那我的软件保证能
找到。" 说完, 他不耐烦地看了看挂在柜台后

面墙上的大钟。"嘿，我得走了，"他说，"我

后边还有一个顾客呢。你到底买不买啊？"

　　我点点头。"买是买，不过 40 欧元太贵了。

我只有 30 欧元，行不行？"

　　他迟疑了一会儿。"好，那就这么着吧。"

他终于同意了。

我一回到家就打开电脑，急不可耐地把那张 CD 放进了光驱里。在输入了关键字"魔幻花园"之后，电脑就开始搜索了。

时间一秒一秒地过去，我焦急地等待着。

刚开始的时候，屏幕上充满了各种数字和一些奇形怪状的符号。随后，各行字符中间出现了大块的空白。

这时，屏幕上的图像忽然闪了起来，不一会儿，屏幕就完全变成了一片漆黑。

之后我用尽了办法，电脑就是没法重启。

在满头大汗地倒腾了整整一个小时之后，我只好泄气地自认倒霉了。我把一块卡本特口香糖塞进嘴里，狠狠地嚼着，又给自己倒了一杯牛奶，认真思考起来。

仔细想来，这事有两种可能。第一种可能是：萨尔瓦多明知道这台电脑坚持不了多久，

但他还是卖给了我。这个比萨店老板绝对是个狡猾的老狐狸，对于这一点我心知肚明。不过，我还是不大相信他会拿个破烂货来蒙我。再怎么说，老妈和我一直都是他最忠实的回头客。

那就只剩第二种可能了。想到这里，我不

由得开始冒冷汗。如果萨尔瓦多的电脑没有问题，那么这肯定就是一个狡猾的阴谋，而我显然已经傻乎乎地上了他们的当。这个"网络猎人"在网吧里不是运行得挺正常的吗？可是，当我输入了游戏的名字，让电脑开始搜寻以后，整个电脑系统就彻底挂掉了。

这个"夹子"恐怕就是我要调查的那些幕后黑手中的一员吧？他是不是故意卖给我一个软件，好让我一输入"魔幻花园"这个词，电脑就会坏掉呢？

估计他和他的同伙想用这种方法来阻止我继续进行调查。我越想越明白，原来我中了他们的圈套了。

跟"夹子"他们比起来，我在这件案子里
表现得十足像一个毫无经验的新手。更要命的
是，我这个天下第一号大傻瓜居然还乖乖地给

了他们 30 欧元！不过，现在是时候了，我必
须让他们见识一下我克瓦特的厉害！

我从地下室推出自行车，向塞巴斯蒂安家
骑去。没想到他果真卧病在床，两颊烧得通
红，鼻子抽得山响，那声音活像火车头在鸣

笛。不过，听说了我的来意之后，他还是挣扎着来到了电脑前，输入了 der.knipser@gti.de，准备帮我发邮件。我告诉他要写的内容：

嘿，夫子！这个软件不能用。赶快回信。

克瓦特

"没有这个邮箱地址。"过了一会儿，塞巴斯蒂安说。话音未落，他就打了一个惊天动地的喷嚏，震得显示器一通乱颤。

"会不会是你打错了，"我说，"再试一次吧！"

不一会儿，我的担心得到了证实，这个邮箱真的没有了。显然，那个自称"夹子"的男孩一跟我见完面，就马上把这个地址删掉了。这家伙还真狡猾。"到底出了什么事？"塞巴斯蒂安问。

"以后再告诉你，你先好好养病吧！"我边说边跨出了他家的大门。看来，塞巴斯蒂安不属于那个秘密组织。他对所发生的事一无所知。那么，下一步我就该锁定费利克斯了。我能百分之百地肯定，他是知道内幕的。

在去费利克斯家的路上，我经过了奥尔佳的售货亭。她正忙着把售货亭橱窗和门上的铁栅栏拉下来，准备关门回家。

走这边

"你现在有时间吗?"我

问她。

"那要看干什么。"她答道。

"来给我帮个忙，怎么样？"我问。

"是那个新案子？"

我点点头。

"你明知道我是不会拒绝你的，"她说，"来，咱们开车去吧。"这回她既没管我叫"甜心"，也没管我叫"天使"，这真让我惊讶。老天保佑，说不定她从此以后真的就改过来了。

奥尔佳把门上的铁栅栏又推了上去，好让我把自行车放到售货亭里。然后我们就钻进了她的那辆旧奔驰，开车上路了。

费利克斯的家就在市立公园旁边，是一栋巨大而古老的别墅。房子里灯火通明，屋前的草地足足有半个足球场那么大。我请奥尔佳在门口等一会儿，自己走到大铁门前，按了按门铃。几秒钟之后，我听到对讲机中有一个女士的声音在问："喂，请问您找谁？"

"我想找费利克斯。"我说。

"你是他的朋友吗？"

"我是他的同班同学。"我回答。

对讲机里发出了一阵嗡嗡的响声，大门随即自动打开了。我顺着碎石小路向大房子走去，一位女士已经站在门口等我了。她穿着一件优雅的连衣裙，乌黑的长发披在肩上。我本想伸出手去和她握手，可不知为什么就向她鞠了一躬。嘿，我这是怎么啦？要知道，我还从来没有主动地向谁鞠过躬呢！就是我奶奶过七十大寿的时候，我也没！我寻思，大概是受了这所大房子还有旁边公园的影响吧！

"费利克斯在楼上，"那位女士说，"你顺着楼梯上去，右边第一个门就是他的房间。"

宽阔的楼梯上铺着厚厚的地毯，踏上去时一点儿也听不到自己的脚步声。墙上挂着古老的画像，还镶着木质的画框。一切看起来就像老套的英国侦探片里的场景一样。

我没敲门就直接闯进了费利克斯的房间。房间里到处堆放着显示器和音箱。乱七八糟的电线堆了至少有 4 米高，都快碰到房顶了。这家伙看起来就像是埋在电线堆里的一样。房间里都快没地儿放床和书桌了。

费利克斯本人正趴在电脑前玩游戏，他似乎完全忘记了周围的世界。我要是没看错的话，他玩的正是"魔幻花园"，屏幕上正显示着一些超级恶心的场面。

"哈啰，费利克斯。"我向他打招呼。

他转过身来。"你……你……你在这儿干什么？"他结结巴巴地问道，脸瞬间涨得通红。

"我听说你病了。"我说，"可是你看起来

精神挺足的啊！"

他想把电脑关掉，却被我拦住了。

他把眼睛眯成了一条缝儿："你到底想怎么着，克瓦特？"

我坐到他的电脑桌上，拿出一块卡本特口香糖放进嘴里，慢条斯理地嚼起来。"这个么，我想，你自己心里清楚。"我说。

"我一点儿也不清楚。"

"你说什么？你不清楚？那你觉得，咱们叫你妈妈上来怎么样？"

费利克斯用袖子抹了抹额头上的汗。"叫我妈来干吗啊？"

"我觉得，她应该对你刚才玩的游戏挺感兴趣的。"我回答道。

费利克斯一下子从椅子上跳了起来。虽然他比我矮半个头，不过要真动起手来，我恐怕打不过他。但是我痛恨暴力，所以我马上低声喝道："你给我坐下！"没想到，他居然乖乖地坐下了。

“是你叫那个‘夹子’来找我的吧？”我问他。

“是他们逼我这么干的！”他叫起来。

“他们到底是些什么人？”我问，“你要是不说，咱们就叫你妈妈来评评理！”

费利克斯瘫倒在椅子上。“他们会弄死我的。”他喃喃地说。

“快说，‘他们’到底是谁？”

“你可不能让‘夹子’和其他人知道是我说出来的啊，”他说，“你一定得保证。”

“当然了，我保证。现在你可以告诉我，在哪儿能找到他们了吧？”

几分钟后，我和奥尔佳又上路了。按照费利克斯提供的地址，我们来到了荒凉无人的城市边缘地带。一路上，奥尔佳跟我几乎都没顾上说话。我们光顾着在晚高峰的车流里钻来钻去了。

终于，奥尔佳把车停在了一个车库门前。车库大门的缝隙中透出星星点点的灯光。

"他们在呢。"虽然除了奥尔佳以外，谁也听不到我说话，但我还是压低了声音。

她的呼吸急促了起来："天啊，天啊，这真是太惊险了！"

"你得跟我一起去，"我说，"求你了！"

"可是，他们要是拿枪打我们怎么办？"

我勉强挤出了一个苦笑。实际上，我的心已经紧张得怦怦直跳，根本就笑不出来："我们又不是在演电影，奥尔佳！"

说实话，下车的时候，我的腿还真有点发软。不过，我们已经没有退路了。现在，跟"夹子"和他的同伙算总账的时刻到了。

在车库一边的墙上有一扇门。我们破门而入，映入眼帘的是三台装备齐全的电脑、一套音响和三个男孩。他们正趴在键盘上忙碌着，其中一个头上戴着一顶红色毛线帽子。

"哈啰。"我强作镇定，向他们打招呼。

"晚上好啊。"奥尔佳说。

那三个人同时转过身来，看到我们就呆住

了，好像看到的是火星人似的。

那个戴红帽子的果然就是"夹子"。"怎么

是你，克瓦特？"他惊讶地问。

我点点头："这是奥尔佳。就是你们把'魔幻花园'这个游戏卖给孩子们的吧？你们为什么要这么做？赶快老实交代吧！"

"我们卖了又怎么样？""夹子"恶狠狠地说。他和另外两个一起向我们逼近过来。

"别动！"奥尔佳说，"你们要是再往前走一步，我就打电话叫警察！"

"好了，还是快点儿老实交代吧。"我接着说。

"夹子"颓丧地坐到了桌边，开始讲起游戏的原委。原来，"魔幻花园"这个游戏是他们两年前在这个车库里编出来的。一开始，他

们把这个游戏命名为"杀敌揭头皮"。但是没

有一家游戏公司愿意为他们批量生产。

"他们都说这个游戏太暴力了。""夹

子"说。

"这还用说啊?"我反问道。

最后，他们把这个游戏重新命名为"魔幻

花园"，并以 50 欧元的价格偷偷在孩子们中间

兜售。孩子们当然没有这么多钱，可是他们又特别想要这个游戏，所以好多孩子就悄悄地把手伸向了父母的钱包。"夹子"和他的同伙抓住了这个把柄，就把他们牢牢地控制在自己的手心里。他们不断指使孩子们做这做那，如果谁想拒绝，他们就威胁那个孩子，说要向他的父母揭发他的小偷行为。

"你们这帮坏种！"奥尔佳在一边嘟囔着。

"我要所有孩子的名字，"我说，"所有人的姓名，还有地址！听见了吗？"

"好，好，克瓦特。""夹子"说。

"我还得要回我的 30 欧元。"我接着说。

"夹子"点点头。

"另外，你还得给我把电脑修好。"

"这也没问题，克瓦特。"

"而且，如果我再听说你把这个游戏卖给孩子们，咱们就警察那儿见。明白了吗?"

"明白了——你到底是怎么找到我们的?"

"这是我的职业机密。"我回答说。

在接下来的一周里，我照着"夹子"提供给我的姓名和地址找到了所有的孩子。趁家长不在的时候，我告诉他们，他们不会再受到威胁了。然后，我删掉了他们电脑里的游戏，还

彻底销毁了光盘。

有几个孩子伤心地哭了起来，我的同学费利克斯就是其中一个。看来，他们玩这个游戏还真玩上瘾了。

"夹子"按照约定把我的电脑修好了。连他这样的 IT 行家都用了整整一个下午的时间才

搞定。

"夹子"走后，我去找奥尔佳。她正在售货亭里招呼别的顾客。等了半天才轮到我。

她把十盒卡本特口香糖推到我的面前，还在柜台上放了一杯橘子汽水。"这是你的报酬。"她说。

"谢谢，奥尔佳。不过咱们当初说的好像只有五盒！"

"有五盒是我跟你提到的那个顾客给的，"她说，"她非常感谢你，还让我转告你，她以后一定还会向别人推荐你。"

"那另外的五盒呢？"我问。

"那几盒是我给你的。"她答道。

"那天晚上让我拥有了这二十年以来最紧张、最刺激的经历。这可多亏了你。"说着，她又伸手到背后，不知从哪儿拿出来一个包得漂漂亮亮的小盒子，放到了我面前的柜台上。"打开看看。"她说。

我打开包装纸，一张 CD 映入眼帘。封皮上印着四个大大的字——"爱与友谊"。

"这是什么玩意？"我问奥尔佳。

奥尔佳的脸红了起来，不好意思地答道："这是我今天早上买的，克瓦特。我觉得，这个游戏应该最适合你……"